孙子兵法

——第三十九册

上海人民美术出版社
浙江人民美术出版社

目　录

孙子曰：凡兴师十万，出征千里，百姓之费，公家之奉，日费千金，内外骚动，怠于道路，不得操事者，七十万家。相守数年，以争一日之胜，而爱爵禄百金，不知敌之情者，不仁之至也，非民之将也，非主之佐也，非胜之主也。故明君贤将，所以动而胜人，成功出于众者，先知也。先知者，不可取于鬼神，不可象于事，不可验于度，必取于人，知敌之情者也。

故用间有五：有乡间，有内间，有反间，有死间，有生间。五间俱起，莫知其道，是谓神纪，人君之宝也。乡间者，因其乡人而用之。内间者，因其官人而用之。反间者，因其敌间而用之。死间者，为诳事于外，令吾间知之，而传于敌间也。生间者，反报也。

故三军之亲，莫亲于间，赏莫厚于间，事莫密于间。非圣不能用间，非仁不能使间，非微妙不能得间之实。微哉！微哉！无所不用间也。间事未发，而先闻者，间与所告者皆死。

凡军之所欲击，城之所欲攻，人之所欲杀，必先知其守将、左右、谒者、门者、舍人之姓名，令吾间必索知之。

必索敌人之间来间我者，因而利之，导而舍之，故反间可得而用也。因是而知之，故乡间、内间可得而使也；因是而知之，故死间为诳事，可使告敌；因是而知之，故生间可使如期。五间之事，主必知之。知之必在于反间，故反间不可不厚也。

昔殷之兴也，伊挚在夏；周之兴也，吕牙在殷。故惟明君贤将，能以上智为间者，必成大功。此兵之要，三军之所恃而动也。

　　孙子说：凡是兴兵十万，出征千里，百姓的耗费，公室的开支，每天要花费千金；前后方动乱不安，民夫戍卒奔波疲惫，不能从事正常耕作的有七十万家。双方相持数年，是为了决胜于一旦，如果吝惜爵禄和金钱，不肯用来重用间谍，以致因为不能了解敌情而导致失败，那就是不仁到极点了。这种人不配做军队的统帅，算不上是国家的辅佐，也不是胜利的主宰。明君、贤将，其所以一出兵就能战胜敌人，功业超出众人，就在于事先了解敌情。要事先了解敌情，不可祈求鬼神，不可用类似的事情去类比推测，不可用日月星辰运行的度数去验证，必取之于人，从那些熟悉敌情的人的口中去获取。

　　间谍的运用方式有五种：有乡间、内间、反间、死间、生间。五种间谍同时都使用起来，使敌人莫知我用间的规律，这乃是使用间谍神妙莫测的方法，是国君胜敌的法宝。所谓乡间，是利用敌国乡人做间谍。所谓内间，是利用敌方官吏做间谍。所谓反间，是利用敌方间谍为我所用。所谓死间，就是制造假情报，并通过潜入敌营的我方间谍传给敌间，使敌军受骗，一旦真情败露，我间不免被处死。所谓生间，是侦察后能活着回来报告敌情的人。

所以，在军队的亲密关系中，没有比间谍更亲近的，奖赏没有比间谍更优厚的，事情没有比间谍更秘密的。不是睿智聪颖的人，不能使用间谍；不是仁慈慷慨的人，不能指使间谍；不是精细深算的人，不能分辨间谍所提供的真实情报。微妙呀，微妙！无时无处不可以使用间谍。间谍的工作尚未进行，先已泄露出去，那么间谍和听到秘密的人都要处死。

凡是要攻打的敌方军队，要攻占的敌方城堡，要刺杀的敌方官员，必须预先了解其主管将领、左右亲信、掌管传达的官员、守门官吏和门客幕僚的姓名，指令我方间谍一定要侦察清楚。

必须搜查出前来侦察我军的敌方间谍，从而收买他，优礼款待他，引诱开导他，然后放他回去，这样"反间"就可以为我所用了。通过反间了解敌情，这样"乡间"、"内间"就可以为我所用了；通过反间了解敌情，这样就能使"死间"传假情报给敌人；通过反间了解敌情，这样就可以使"生间"按预定时间回报敌情。五种间谍的使用，君主都必须了解掌握。了解情况关键在于使用反间，所以对"反间"不可不给予优厚待遇。

从前商朝的兴起，在于伊挚曾经在夏为间，了解夏朝内情；周朝的兴起，在于姜尚曾经在商为间，了解商朝的内情。所以明智的国君，贤能的将帅，能用有高超智慧的人做间谍，一定能建树大功。这是用兵重要的一着，整个军队都要依靠它提供的敌情来决定军事行动。

内容提要

本篇主要论述了在战争中使用间谍，进行战略侦察的重要性，归纳分析间谍的种类、特点和用间的方法。

孙子主张战争指导者必须做到"知彼知己"，要"知彼"，孙子认为关键在于"知敌之情者"，了解和掌握敌方的军情和政情。而要实现这一目的，极其重要的手段之一，便是用间，进行战略侦察。孙子指出，同战争的巨大耗费相比，用间代价小而收效大，必须积极运用。反之，如果吝啬金钱爵禄而不重视谍报工作，盲目行动，导致战争失败，那就是"不仁之至"。

在论证了用间重要性的基础上，孙子探讨了实施战略侦察的原则和方法，他把间谍划分为五类：乡间、内间、反间、死间、生间。具体分析了"五间"的不同特点和各自功用。主张"五间并用"而以"反间"为主，并提出了"三军之亲，莫亲于间，赏莫厚于间，事莫密于间"的用间三条原则。同时，孙子还指出要在用间问题上做到"圣智"、"仁义"、"微妙"三点,以真正发挥"用间"的威力。

最后,孙子列举历史上用间方面的成功事例,从历史的高度进一步肯定了"用间"的地位和意义。

孙 子 兵 法
SUN ZI BING FA

战 例　**韦孝宽用间除敌将**

编文：晨　元

绘画：陈运星　王伟民
　　　唐冬华　汪小玲

原　文　明君贤将，所以动而胜人，成功出于众者，先知也。

译　文　明君、贤将，其所以一出兵就能战胜敌人，功业超出众人，就在于事先了解敌情。

1. 南北朝后期，北周武帝宇文邕一心想吞并北齐，统一中原，让镇守边
关要冲玉壁（今山西稷山西南）的名将韦孝宽寻机进图北齐。

2. 韦孝宽对于下属善于抚慰和任用，深得人心。在军事上，善于收买和使用间谍，收集情报。

3. 韦孝宽派遣打入北齐的间谍和收买的北齐内间都愿为他尽职效劳，所以，北齐发生什么重要事情，他都能及时知道。

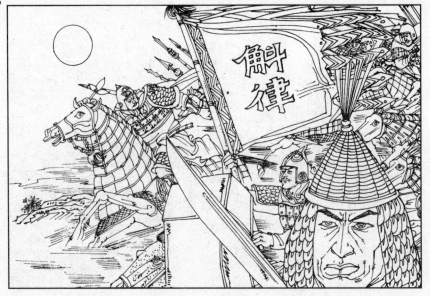

4. 北齐名将斛律光，英勇善战，屡立战功。北周天和四年（公元569年）九月，北周军进攻宜阳（今河南宜阳西）。斛律光率步骑三万救援，击退北周军。

5. 斛律光怕韦孝宽从玉壁进图平阳（今山西临汾），加强了宜阳守御后北归。

6. 北齐武平二年（公元571年），斛律光在汾北筑十三城，拓地五百里。韦孝宽从玉壁发动攻击，被斛律光击败。

7. 同年，北周增兵攻下宜阳等九城。斛律光率步骑五万救援，与北周军大战于宜阳城下，大败北周军，取四城，俘千余人，然后班师。韦孝宽深为忧虑，打算设计除掉斛律光。

8. 不久，有间谍来告：斛律光宜阳大胜后，在回军途中接到北齐后主高纬的诏令，让他解散队伍，遣返士兵。斛律光认为士兵尚未受赏，于是一面秘密给后主上表，请求派使慰劳，一面继续带军队行进。

9. 然而，后主高纬迟迟未予答复。斛律光带领的军队越走，距离都城越近，却未见后主的使臣来到，只得暂时停下来待命。

10. 北齐后主得知斛律光的军队已逼近都城，十分惊恐，急忙派使前往宣布旨意，慰劳授赏，遣散士兵，让斛律光入朝。数月后，拜斛律光为左丞相。

11. 又有间谍来告：斛律光与后主的两位宠臣积怨很深。一位叫祖珽，曾因有罪受刑而致双目失明。后主即位后，又起用他为尚书右仆射，权倾朝野。但这时身为左丞相、咸阳王、人称“相王”的斛律光却十分讨厌他。

12. 当祖珽知道斛律光在恼恨他，就贿赂斛律光的侍从，并问侍从道："相王是不是在嗔怪我呀？"侍从说："从您重新被任用后，相王经常在夜间抱膝长叹：盲人入朝，国家一定要灭亡了。"

13. 另一位是齐后主乳母陆令萱的儿子穆提婆，他曾请求娶斛律光的女儿，斛律光看不惯他那种小人得志的样子，一口回绝。

14. 一次上朝，后主把晋阳的良田赏赐给穆提婆。斛律光当场反对：
"这田，历来是种饲料养战马数千匹以备战时急用的，赐给穆提婆，将
有害军务！"就是为这些事，祖珽、穆提婆十分怨恨斛律光。

15. 韦孝宽了解到这些情况，认为有隙可乘，就编造了谣言，派间谍到北齐去散布，说什么"高山不推自崩，槲木不扶自举"。意思是说：北齐（北齐主姓高）要垮台，斛律光（槲木）欲称帝。

16. 祖珽听到谣传后，十分高兴，又增添了几句辱骂自己和咒骂穆提婆母亲陆令萱的话，让儿童在街头巷尾传唱。陆是北齐后主高纬的乳母，任女侍中，后宫之中，独揽大权。

17. 穆提婆得知后就告诉他的母亲陆令萱。陆令萱听说这是骂自己与祖珽，就请祖珽一起商量对策。

18. 三人一起把这些禀告后主高纬，并说："斛律家几代都是大将，斛律光名高势重，童谣中所说的实在很可畏啊！"后主犹豫不决。

19. 不久，又有人秘密上书说，斛律光前次西征回来，皇上诏令他解散军队，而他领军逼京城，图谋不轨，事情未能成功才就此罢了。他家中藏有兵器，奴仆数千，亲戚间经常秘密往来，如果不及早除灭，后果很难设想。

20. 提起"军逼帝京"，后主顿时恐慌起来，觉得斛律光确实处处可疑，担心他马上会谋反，就派人立即把祖珽召来，商议此事。

21. 祖珽出谋，由后主赐给斛律光骏马一匹，并约他次日骑马同游东山。斛律光应召前去，被骗入凉风堂内杀害。

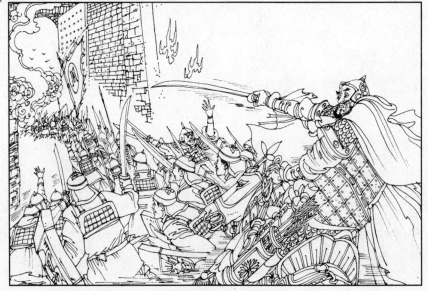

22. 韦孝宽得知这消息，马上奏请北周武帝兴兵伐北齐。北周建德六年（公元577年），北周大举伐北齐。北齐内政腐败，外无良将，很快就灭亡了。

战例 **孔铺取情于人平阿溪**

编文：安　迈

绘画：陈运星　唐淑芳
　　　闽　江　闽　山

原　文　先知者，不可取于鬼神，不可象于事，不可验于度，必取于人，知敌之情者也。

译　文　要事先了解敌情，不可祈求鬼神，不可用类似的事情去类比推测，不可用日月星辰运行的度数去验证，必取之于人，从那些熟悉敌情的人的口中去获取。

1. 明朝弘治年间，左副都御史孔镛担任贵州巡抚，听说清平卫（今贵州凯里西北）有一个苗族部落的首领名叫阿溪，横行霸道，为害甚大。

2. 孔镛便向监军、将帅们了解阿溪的为人，听到的却是一片赞扬之声。
孔镛估计这些人没有说实话，就亲自来到清平卫查访。

3. 孔镛在当地军队中找到一个清正耿直的指挥官，名叫王通。孔镛以厚礼相待，向他了解当地的情况。王通侃侃而谈，头头是道，唯独避而不谈阿溪。

4. 孔镛单刀直入地问："听说这里有个阿溪，为害最大。你为何瞒着不说呢？"王通沉默不语。

5. 孔镛追问再三，王通才小心地说："我若说了，您要是能治他，当然是这一带百姓的福分。如果您治不了他，那么不但您的威信受损，我们全家也都活不成了。"

6. 孔镛笑着说道："你就只管说吧，不必担心。"王通这才把有关阿溪
的一切原原本本说了出来。

7. 原来阿溪这人桀骜不驯，兼又足智多谋，根本不把其他的苗族部落放在眼里。阿溪有个养子名叫阿刺，力大无比，能身披三套铁甲舞动三丈长矛，一跃而起，可以跳出三五丈远。

8. 他们两人一个有智，一个有勇，相互勾结，无法无天。对附近的苗族弱者，不但每年分掉他们的牲畜，而且加倍征收他们的赋税。

9. 遇到过路的客商，就怂恿其他部落的苗人进行抢劫。等官府派人捕拿强盗、要求阿溪协助时，阿溪先索取很重的贿赂，然后随便抓一个远处对他没有用处的苗人充数。

10. 远处的苗人也都害怕他而归从他，拥护他做了寨主。

11. 对官军中的监军和将帅，阿溪年年送上厚礼行贿，求得他们的庇护。有了这些贪官污吏做靠山，阿溪更是有恃无恐、为所欲为了。

12. 阿溪还经常在苗人和官府之间挑起纠纷，让他们鹬蚌相争，自己坐收渔人之利。

13. 孔镛听到这儿，发话道："这阿溪勾结官府，替他向官吏行贿的人是谁？"王通说："一个是指挥王曾，一个是总旗陈瑞。您必须控制住这两人方能成事。"

14. 第二天，所有的将佐前来参见，孔镛说："我想挑选一名巡官，你们都向前来，让我亲自挑选。"

15. 众官上前，孔镛看了看，指着王曾说："这一位可以。"并示意王曾留下密谈。

16. 待其他官员离开以后，孔镛突然问王曾道："你身为指挥，为何私通贼寇？"王曾大惊失色，连声为自己辩解。

17. 孔镛说："阿溪每年贿赂上官，都是你从中牵线跑腿，倘若再敢狡辩，我就按律判你死罪！"王曾一听，吓得跪在地上一个劲儿磕头。孔镛又道："你也不必害怕，我准许你立功赎罪，你能把阿溪捉拿来吗？"

18. 王曾说，阿溪足智多谋、阿刺勇猛过人，需要有个帮手才能对付。孔镛便命他自己推荐，王曾说最好就是总旗陈瑞。孔镛即刻让他去带了陈瑞同来。

19. 孔镛又像刚才讯问王曾那样盘问陈瑞。陈瑞一再偷眼看看王曾，王曾道："巡抚大人全都知道了，你就从实招了吧！大人准许我们立功赎罪，我们应当尽力把阿溪捉拿归案。"陈瑞思忖这事不容易办到。

46

20. 孔镛道："不要紧，你们只要将阿溪诱出山寨，我自然能够把他逮捕！"陈瑞只好答应下来。

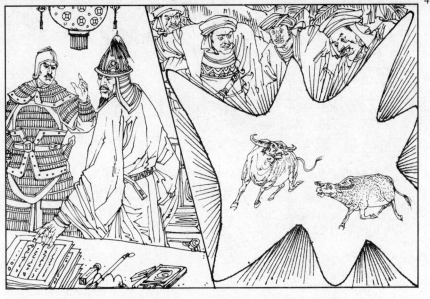

21. 当地苗族人有斗牛的风俗，王曾和陈瑞一商量，便就此定下一条计策。

22. 一日，陈瑞去找了一头筋强力壮的好牛，拴在大道上，并在两旁的
草木丛中埋伏下一百多名壮士。

23. 布置完毕，陈瑞就进寨去见阿溪。两人饮酒谈起斗牛的事。陈瑞就说方才在寨子外边见到一条好牛。阿溪因道："真有你说的那么好，我就一定把它弄到手。"

24. 陈瑞道："我看那牛贩子不像是本地人，恐怕难以强迫他进寨。"跟着就怂恿阿溪带了牛出去比试一下。阿溪兴起，就和阿刺一道骑着马，牵了牛，往寨外走去。到了目的地一看，发现果然是头好牛。

25. 两头牛刚刚拉开架式准备角斗，忽然有人报告说："巡官来了！"
陈瑞说巡官就是王曾，阿溪便笑道："老王真是运气，得了这么一个美
差，等他来了我得嘲笑嘲笑他。"

26. 陈瑞说："巡官嘛，出来巡查山寨，按礼我们应当前去迎接，更何况还是老朋友呢！"阿溪、阿刺听说，正要催马前去迎接，陈瑞又连忙拦住马说道："迎接新巡官必须把佩刀解去，因为新官看见刀是不吉利的。"

27. 阿溪、阿剌毫不迟疑地解去佩刀，迎上前去拜见王曾。

28. 谁知王曾竟高声责备道："老爷前来巡查山寨，你们不去打扫宾馆准备迎接，跑到这里来干什么？"阿溪、阿刺只当是王曾在开玩笑，满不在乎地顶撞了几句。

29. 王曾突然大怒，喝道："你们以为我不能把你们逮捕治罪么？"说完大喝一声，四下伏兵一拥而上。阿刺虽然勇力过人，赤手空拳打伤了几十个人，终于敌不住伏兵，双双被擒。

30. 王曾、陈瑞用车辆把两人押送到贵阳，向孔镛报捷。阿溪、阿刺在闹市被处以极刑。从此，清平卫一带才得以安宁下来。

祖逖厚结胡眷知敌情

编文：汤 洵

绘画：叶 雄 筱 芪伍 昕

原 文　乡间者，因其乡人而用之。

译 文　所谓乡间，是利用敌国乡人做间谍。

1. 公元316年，西晋灭亡。琅玡王司马睿在南迁的琅玡大族和江南大族的支持下，于公元317年在建康（今江苏南京）建都，称晋王。第二年称元帝，建立了东晋政权，改年号为太兴元年。

2. 这时北方匈奴、鲜卑、羯、氐、羌等族军阀混战，黎民百姓受掳掠，遭杀戮，生活动荡不安，极为悲惨。

3. 但是，晋元帝司马睿只主张稳定江南的统治，无意恢复北方。仅以祖逖为代表的少数有志之士，积极上表请求北伐，然而得不到支持。

4. 爱国志士祖逖，自幼就立志为国效力，苦练杀敌本领，每天闻鸡叫就起床舞剑，数年如一日。如今得不到朝廷支持，就从京口（今江苏镇江）赶到建康求见元帝。

5. 祖逖慷慨陈辞，并请缨北伐。元帝见他义正词严，就授他为奋威将军，拨给一些粮、布，要他自募兵马、自筹武器北伐。

6. 祖逖回到京口后，很快招募起一支队伍渡江北伐。

7. 船到江心，祖逖用船桨拍打船舷发誓说："祖逖如不能平定中原再过渡回来，愿投身大江！"众将士慷慨高歌，气氛肃穆悲壮。

8. 祖逖率军北上以后，以攻城和招降等多种策略，从太兴二年（公元319年）至太兴三年夏，收复了黄河以南的大部分土地。祖逖在中原，对受灾百姓赈粮送衣，关怀备至。百姓们流着泪说："我们又重新得到了父母。"

9. 当地有不少百姓家的子弟在胡人（古时对北方少数民族的统称）那边做事，祖逖不予追究，一样加以关怀照顾。

10. 在胡兵经常出没的地区，祖逖还故意派巡逻军队假装围抄抢掠有亲属在胡军做事的人家，以表明这些家属没有归晋，使在胡营做事的子弟免遭怀疑和迫害。

11. 当地乡人对祖逖感恩戴德，胡营一有什么动静，就立即悄悄报告祖逖。

12. 受惠的胡兵在家属的劝告下，不少也成了祖逖的耳目，不时地提供胡军情报。

13. 祖逖未出战就先知敌情，每战都稳操胜券，因此黄河以南的土地陆续都收归晋国所有。

14. 祖逖北伐，形势很好。但终因东晋的最高统治者只求偏安江南没有积极支持，以致北伐归于夭折。祖逖也因壮志未酬，忧愤过度，于太兴四年（公元321年）病死。

秦王重金买间除李牧

编文：夏　逸

绘画：杨志刚　杨　津

原　文　内间者，因其官人而用之。

译　文　所谓内间，是利用敌方官吏做间谍。

1. 秦王政十八年（公元前229年），秦王嬴政命大将王翦与杨端和分兵
两路攻赵国。

2. 王翦率军进攻赵国井陉（今河北井陉西），井陉旋即攻陷。

3. 赵王迁急命武安君李牧、将军司马尚分别率军阻击秦军。

4. 武安君李牧，是赵国继老将廉颇之后的著名将领，长期防守赵国北方边疆。曾打败东胡、林胡、匈奴，使赵国北部十多年相安无事。

5. 四年前，秦国攻打赵国时，李牧曾率军反攻，在肥下（今河北藁城西南）大败秦军。赵王迁十分高兴地对李牧说："你像秦国的白起一样智勇双全！"因此，封他为武安君。

6. 可是，这次却遇到秦国的老将王翦，虽经多次交锋，却屡战不胜。双方相持达一年之久。

7. 这时，秦国潜伏在赵国的谋士王敖接到秦王的密令，又活动起来。他来到王翦大营，对老将军说："秦王的意思，请老将军给赵国的李牧写写信，商议讲和。这样，我就有办法使他失败了。"

8. 王翦领会了秦王的意图，即派使者持书到李牧大营提议讲和。李牧也派人回书，同意谈判。从此，相互派使者来往，商议和谈条件。

9. 与此同时，在赵国都城的王敖活动频繁。他早已结交的赵王宠臣郭开，此刻成为他拉拢的关键人物，几乎每天他都要去郭开府邸拜访。

10. 今日送黄金，明日赠珠玉，郭开爱好什么，王敖就会设法去办到相赠，成了郭开的知心朋友。

11. 一天，王敖问郭开："大人担忧亡国，是否会有人劝赵王请大将廉颇再出来，与李牧一起抗秦？"郭开摇头道："赵的存亡，就是一国之事，而廉颇与我，却是一生仇恨，我决不会让他们这么做的。"

12. 隔了一天，王敖又来郭府，神秘地告诉郭开："李牧在与王翦媾
和，约定在破赵之后，封李牧为代王……"

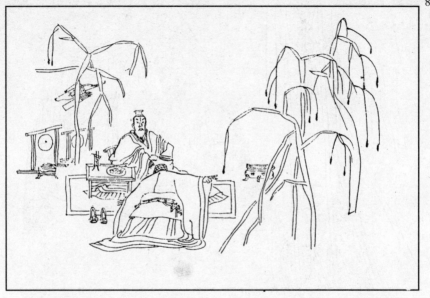

13. 郭开认为这又是一次邀宠的机会，急忙向赵王报告，赵王表示怀疑，郭开建议派人去李牧军营察看。

14. 赵王迁派使者去李牧大营，果然见到李牧与王翦有书信来往。

15. 赵王心里思忖："李牧长期守北疆，击败过十几万犯边的敌人，怎能打不败王翦几万人马呢？原来他有异志！"于是就派使者到李牧大营传令：升赵葱为大将，接替李牧的兵权。

16. 李牧叹息着说："真让我走廉颇的老路了！"他深知赵葱决非王翦的对手，拒不交权，说要面见赵王。使者是郭开一路的人，立即下令让赵葱接替李牧的兵权。

17. 李牧被迫离开大营，住在客店里闷闷不乐，边喝酒边思考："去面见赵王呢，还是去投奔魏国？"竟喝醉睡熟了。这时赵葱正派人搜捕李牧，在客店找到了他，就抓回大营将这位名将杀害了。

18. 秦王政十九年（公元前228年），王翦得悉李牧已死，立即挥军攻赵。由于赵军换将，指挥不当，士气受挫，致使赵军大败，赵葱被杀。秦军乘胜进军，直逼赵都邯郸。

岳飞反间废刘豫

编文：和　合

绘画：杨德康　吴绮成　兰　洋

原 文　反间者，因其敌间而用之。

译 文　所谓反间，是利用敌方间谍为我所用。

1. 南宋建炎二年（公元1128年），金军南侵，兵围济南。济南知府刘豫
在金人的利诱下，杀害抗金将领关胜，单身缒城出降，成为卖国贼。

2. 至建炎四年（公元1130年），金军前后三次南侵，但都遭到沉重打击。金军首脑看到单凭军事力量不足以灭掉南宋，就在这年九月，册封刘豫为"大齐"国傀儡皇帝，企图用高官厚禄诱降宋军将领。

3. 刘豫对金人感恩不尽，甘心充当鹰犬，引诱、网罗了一大批卖国的无耻之徒，在淮河沿岸及西京洛阳地区与宋军相对抗，成为南宋北伐抗金、收复失地的一大障碍。

4. 绍兴七年（公元1137年）八月，宋高宗不理抗金名将岳飞"提兵进讨"的请求，只是诏令岳飞驻师江州（今江西九江），以备江、浙地区一旦告急，岳飞可以率军援应。但岳飞志不在此，日思北伐进取。

5. 岳飞得知刘豫巴结金国大将金太祖的侄子粘罕，而金太祖的四子宗弼
（即金兀术）却很讨厌刘豫这一情况之后，认为可以利用两人之间的矛
盾，首先铲除刘豫。

6. 恰好部属抓获了一名宗弼军中的间谍，岳飞就传令把奸细押到帐前来。那间谍趴在地上簌簌发抖，不敢仰视。

7. 岳飞看了一眼，大声斥责道："你不是张斌吗？我派你到大齐去约同刘豫诱骗四太子，想不到你竟一去不回！你说，干什么去了？"

8. 那间谍被问得莫名其妙，他害怕被杀头，一句话也不敢答，只是一个劲地叩头。

9. 岳飞接着又道："我接着又派人去到大齐，刘豫已经答应今年冬天以联合出兵入侵长江为借口，把四太子诱骗到清河（今河北清河西）来。我且问你，你为什么违背我的命令而没有把信送到？"

10. 那间谍听到这儿方才明白岳飞认错了人，把他当成什么张斌了。为了保住性命，他就顺水推舟，冒认了张斌，连声告饶道："小的该死，大帅饶命……"

11. 岳飞见计已得逞，便赶紧修书一封，上面写着与刘豫合谋害死宗弼的计划。信写完后封入蜡丸内，一边封，一边对间谍说道："我先饶恕你这一回，再派你到刘豫那儿去问清起事日期。速去速回，不得再误。"

12. 岳飞说完，让士兵割开那间谍的大腿把蜡丸藏到里面，然后又告诫道："千万不可泄露这一机密。"

13. 间谍以为得到了重要情报，急忙赶回金营，把蜡丸交给了宗弼。

14. 宗弼剥开蜡丸一看，又惊又怒，当即把蜡丸书一揣，飞马送交金熙宗完颜亶。

15. 金熙宗想起不久前，几次有人告发刘豫和南宋宰相张浚派遣的使者
潜与往来，相约图金之事。

16. 况且当初金立"大齐"，也有把它作为金与南宋之间缓冲地带之意，期望刘豫能够辟疆保境，而金则可以按兵息民。没想到"大齐"建立以来，屡次向金乞兵援助，且每每以兵败丧师告终。

17. 金熙宗想到这里，当即让宗弼会同完颜昌、葛王褒等人，以入侵江南为名，驰奔汴京。

18. 他们以"有急公事，欲登门同议"为名，将刘豫诱骗出京，裹挟而去，囚于金明池。刘豫被废去齐王，伪齐政权至此告终。

郦食其二度为死间

编文：朱丽云

绘画：盛元富 玫 真 施 晔

原　文　死间者，为诳事于外，令吾间知之，而传于敌间也。

译　文　所谓死间，就是制造假情报，并通过潜入敌营的我方间谍传给
　　　　敌间，使敌军受骗，一旦真情败露，我间不免被处死。

1. 秦二世三年（公元前207年），刘邦率大军攻破武关，进至秦都咸阳以东的最后一关——峣关。

2. 峣关前据峣岭，后靠黄山，地形险要，不占此关，咸阳难破。刘邦准备调动二万兵马强攻峣关。

3. 谋士张良劝阻说："秦军现在还有力量，不可轻视。臣听说守关的秦将是个屠夫的儿子，我想必定贪利。可以派人多带金银财宝，前去诱降。"

4. 刘邦觉得有理，就请来广野君郦食其，说："此重任，只有烦劳先生了。"郦食其欣然领命。

5. 刘邦又按张良的计策，在峣关前的各山头张设旗帜作为疑兵。

6. 第二天，秦军兵将登关东望，只见关前山上山下遍布汉军旗帜，不由得胆战心惊。

7. 这时，军士来报：汉军使臣郦食其求见。守关秦将赶紧传令，开关放入。

8. 郦食其送上珍宝，秦将喜不自胜，说："汉王为何如此厚爱？"郦食其说："沛公无非是仰慕将军大名，特来表示敬意，并劝将军为天下除害，一同去攻打咸阳。"

9. 郦食其又说道："万一将军不答应，也只管收下礼物，关外有数十万精兵待命，沛公愿意先礼而后兵。"秦将满口答应，愿意订立盟约，替汉军带道去进攻咸阳。

10. 郦食其当即告辞，报告刘邦。刘邦大喜，要郦食其再次入关与秦将订约。这时，在一旁的张良又说："不可！"

11. 刘邦感到很奇怪。张良说："现在只有秦将一人同意投降，只怕士卒不肯服从，万一士兵不从，事情就危险了。"

12. 刘邦沉吟了一会，问道："你意如何？"张良答道："不如乘他们准备订立盟约，不做打仗准备之际，突然攻击，这样一定会获得胜利。"

13. 于是，刘邦命令大将周勃，带兵绕过峣关，翻越蒉山，偷袭秦军。

14. 郦食其离开后，秦将让士兵休息，安心等待汉军前来订立盟约。谁料，突然从营后杀来一支汉军，秦兵大乱溃逃。

15. 周勃杀入秦营，一刀劈死了还懵懵懂懂的秦将。主将一死，秦兵都
纷纷缴械投降。

16. 刘邦利用郦食其传假约定，顺利地攻占了峣关，郦食其因及时返回而未被对方所杀。汉高帝三年（公元前204年），中原争战正烈，刘邦为分敌势，命韩信攻打齐王田广。

17. 郦食其有心再立大功，就劝刘邦道："当今燕、赵已定，只有齐国未下，齐国地广兵多，又多变诈，大王即使派数万兵马，也不一定一年半载就能攻破。"

18. 刘邦心想：这话有理，韩信虽能征善战，但毕竟大军都已被我收回，攻齐的兵马是在赵地募集而成，出兵时过许久，迄今尚无消息……就问道："先生有何破齐妙策？"

19. 郦食其说："臣请得到大王的诏书，去说服齐王，让齐王降汉。"
刘邦说："好！趁韩信兵马尚未到齐地，请先生马上动身。"于是，郦
食其再次承担了死间的任务。

20. 郦食其到达齐国，齐王田广为了防止汉军进攻，正派重兵屯于历下
（今山东济南），积极备战。听说汉使求见，也想打听一下情况，就请
郦食其入城相见。

21. 郦食其直截了当地说：“楚汉相争，大王知道将来结果如何？”齐王答道：“不知道天下将归谁。”

22. 郦食其干脆地说："归汉！"齐王反问道："先生为什么可以这样说呢？"郦食其列举了汉王与项羽戮力击秦以来的实例，然后下结论说，项羽无道，汉王仁义，天下人心向汉，这是天意。

23. 郦食其见齐王沉思不语，又说道："如今汉王粮足兵强，大王如愿意归附汉王，齐国就可以得到保全，否则，齐国的危亡就在眼前了。"

24. 齐王接问道："我若归汉，汉兵就不再来了吗？"郦食其保证道："我是奉汉王之命来的，如果大王诚心归汉，我写书信一封，韩信便会止兵不进。"说完当即写好书信，派人带给韩信。

25. 齐王田广大喜，于是下令撤除历下守备，日日设宴款待郦食其。

26. 这时，韩信正引兵东向，途中得知郦食其已说服齐王归汉，就准备止军待命。谋士蒯彻劝道："将军奉命进攻齐国，而汉王又派间谍说降齐国，难道有命令要您停止前进吗？"

27. 蒯彻又说道："况且，郦食其仅凭一张能说会道的嘴，就降服齐国七十余城，您率领数万人血战一年多，才攻下赵国五十余座城邑。身为将军多年，反倒不如一个书生功劳大吗？"

28. 韩信认为有理，下令全军立即渡过黄河，进攻齐国。

29. 齐军因已宣布附汉，全无守备。韩信轻而易举地攻破历下，疾趋齐都临淄（今山东淄博东北）。

30. 齐王认为郦食其是来欺骗自己的，将郦食其烹杀，然后仓皇逃走。郦食其忠心报效刘邦，终于成了名副其实的"死间"。